FISCHER

Lucia Lucia wurde im November 2017 mit ihrer Text-Performance von »Mathilda« berühmt. Ein Video-Mitschnitt aus dem Finale der deutschsprachigen Poetry-Slam-Meisterschaften ging mit über 4 Millionen Aufrufen viral und sorgte für großes Presseecho. Seitdem tourt die Hamburger Stadtmeisterin über Bühnen in ganz Deutschland und der Schweiz, bereitet sich auf ihre erste eigene Solo-Tour vor und möchte nur eines: Schreiben und Performen.

Serena Viola lebt und arbeitet in Mailand, Italien, und hat an der Politecnico di Design in Mailand Kunst und Design studiert. Sie ist Autorin und Illustratorin vieler Kinderbücher und stellt ihre Kunstwerke in zahlreichen Galerien aus. Sie gewann u. a. den Deutschen Jugendliteraturpreis 2018 und erhielt den Gold Illustration Award 2018.

Lucia Lucia

Texte, die auf Liebe enden

Reality in Poetry

wo die Liebe anfängt

trink mich

Ich sehe was, was du nicht siehst,
und das ist die Poesie
jeder deiner Bewegungen,
in allem, was du tust,
liegt ein Satz,
triefend und klebrig,
in allem, was du tust,
liegt eine Sehnsucht.
Ich sehne mich danach,
in deinem Trinken
Glas zu sein,
in deinem Reden
Wort zu sein,
in deinem Kalender
nur ein Tag –
triff mich,
sprich mich,
trink mich.

Expertin in dir

Ich bin Forscherin der Frage, ob du deinen Kaffee auch schwarz trinkst und wenn ja, ob du das tust, weil er dir so schmeckt, oder weil du es mal wieder nicht geschafft hast, rechtzeitig Milch zu kaufen, ich wüsste gerne, ob du auch manchmal losgehst, nur der Milch wegen, und versehentlich mit zwei Tüten Chips und einer Fünf-Minuten-Terrine wieder nach Hause kommst, oder ob das nur ich bin, die ihr Leben nicht auf die Reihe kriegt, ich wüsste gerne, ob du dein Leben auf die Reihe kriegst und wenn ja, was für eines. Wenn wir miteinander schreiben, erhebe ich Daten über dich, analysiere deine Kommasetzung und die Farben deiner Emojis, versuche zu verstehen, was für dich den Unterschied zwischen einem gelben Lächeln und einem rosafarbenen Lächeln, einem pausbäckigen Lächeln, einem pausbäckigen Lächeln mit hochgezogenen Augenbrauen und einem Lächeln über Kopf macht, versuche anhand deiner Anglizismen zu benennen, ob du desinteressiert oder cool bist oder beides, ob du mich einfach nicht spannend findest oder deine Hände bloß frieren und deine Finger zu klamm sind, um mir zu antworten, wenn laut früheren Erhebungen deine Reaktionszeit für Donnerstage zwischen dreizehn und vierzehn Uhr mal wieder sechs Prozent über dem Durchschnitt liegt. Ich versuche, den Wert deiner Herz-Emojis anhand ihrer Häufigkeit und ihres Anwendungskontextes zu ermitteln, um herauszufinden, ob ich sie persönlich nehmen darf – ich würde sie gerne persönlich nehmen, aber was wäre dann, wenn wir uns in einer Kneipe gegenübersäßen und ich mich zu weit zu dir hinüberlehnte und du plötzlich meinen Pulsschlag hören könntest, wie er dir aufdringlich entgegenklopft, denn den muss man ja wohl hören können, diesen Pulsschlag, so laut wie der ist, was wäre dann, wenn wir beide hören könnten, dass bei dir gar nichts laut klopft, und wenn wir beide merkten, dass du auch gar nicht ständig über Gegenstände stolperst, wenn du mich siehst, weil das nämlich nur ich bin, die andauernd vergisst, wie man läuft; dann wären all die kopfsteinpflaster- und laternenpfahl- und stuhlbeinförmigen blauen Flecken auf meinen Beinen gänzlich umsonst gewesen, all die Pläne und Hoffnungen bloß dumme Träumereien, wenn ich dich nicht richtig lesen lerne, wenn ich nicht den richtigen Moment abpasse, wenn ich nicht Expertin in dir bin.

er ist Erde

Er sagt: Ich bin Erde,
und du kannst mich nicht brechen.
Er sagt: Ich bin Erde,
und du kannst mich nicht kennen.
Ich bin karges Geröll
über unendlichen Schichten,
erdrückend und dicht,
und du wirst mich nicht brechen,
und du lichtest mich nicht.
Er sagt: Mein Herz ist das eines Vulkans,
es speit heiße Lava bei jeder Berührung,
so viel heißer, als du es ertragen kannst.
Mein Herz liegt begraben
unter dem Regen der Jahre,
unter verwesenden Knochen
und faulendem Fleisch,
er sagt: Mein Herz trägt das Gewicht
allen Schreckens aller Zeit.
In mir ist es dunkel.
Pfähle und Wurzeln haben
tiefe Narben in meine Haut geschlagen –

also wende dich ab von mir,
der ich verschüttet liege,
wende dich ab von der Idee,
zu der du mich ernannt hast,
wende dich ab von all dem,
was du denkst, was wir sein könnten,
wende dich ab von mir,
den du nie wirklich gekannt hast.

Sie sagt: Dann gib mir Schaufel und Spaten,
denn anders ertrage ich es nicht.
Sie sagt: Dann gib mir Schaufel und Spaten,
und ich grabe mich durch jede Schicht
deiner Bitterkeit.
Ich höre sie mir an,
all die Geschichten,
die als Gewicht auf dir lasten,
sie sagt: Lass mich darüber urteilen,
ob ich sie verkrafte,
sie sagt: Lass mich dich entlasten
und dein Leid mit dir teilen,
lass mich zischelnd dich halten,
lass mich lodernd dich spalten,

lass mich dich entfachen
und ein Teil von dir sein,
Teil dieser Erde,
die im Sommer blüht und lebt,
als Sand mit meinen Füßen spielt
und im Winter friedlich schläft.
Lass mich dich kennen,
und öffne dich einen Spalt,
sie sagt: Dann gib mir Schaufel und Spaten,
und ich nehme mir all meine Zeit,
um sie dir zu geben,
sie sagt: Zeig mir all das, was schön an dir ist,
was weich an dir ist,
und das, was fürchterlich ist –
zeig mir klaffende Tiefen,
zeig mir rollenden Schmerz,
denn ich bin Feuer,
und ich fürchte dich nicht.

erste Liebe

Wir waren wie Kinder in einem Museum,
deren Begierde nach Wissen
sie dazu trieb, alles mindestens einmal
berührt haben zu müssen.

Denn was erfühlt werden kann, muss erfühlt
werden,
und was sich nicht fühlen lässt, ist nicht echt,
wo eine Grenze liegt, muss sie erspürt werden,
und wo sie sich nicht spüren lässt, wird sie
verletzt,

legten uns Worte auf die Zungen,
bloß um zu probieren, wie sie schmeckten,
jede Situation, in die wir uns brachten,
bloß ein Spielen, bloß ein Necken,

begannen mit den Leuchtenden, Verzierten,
die uns heuchlerisch erschienen,
dann mit den Rostigen und Alten,
die vor Bedeutung nur so trieften,

fanden Worte, die wir uns schenkten,
in die wir uns kleideten und schmiegten,
die sich wie Schmuckstücke an unsere Gespräche
   legten,
die uns schmeichelten und wiegten,

zogen uns andere über wie Rüstungen,
auch, wenn unsere Schultern zu schmal waren,
um die Versprechen zu erfüllen,
die in ihrem scheppernden Stahl lagen,

versuchten uns an Worten, die wie Gemälde
alles sagen konnten und doch nichts meinen,
mit denen wir uns ewig unterhalten konnten
und doch zum Wesentlichen schweigen,

bis wir uns schließlich an den Kalten
und den Schneidenden vergriffen,
die wir nicht zurückzunehmen wussten,
die eisern uns entglitten,

stürzten uns unbehelligt in diese Liebe,
deren Sprengkraft erst zutage trat,

als wir uns ansahen und verstanden,
warum ihr das Ende bereits im Namen lag.

Fingerspitzengefühl

Dem Pfad aus feinen Härchen,
der sich von meinem Bauchnabel
bis unter den Gürtel meiner Jeans zieht,
sind schon andere Fingerspitzen gefolgt –
doch deine sind die ersten,
die dabei zittern und beben,
wie die Beine eines Pilgernden,
bevor sie ihn zu Boden werfen,
um zu beten.

das *durch* in deinem Atmen

Ich will in deinem Arbeiten
ein Blick aufs Handy sein,
das *nach Hause*
in deinem Gehen,

will in deiner Krankschreibung
ein Tag am Strand sein,
das *klarer*
in deinem Sehen,

will in deinem »Muss morgen früh raus«
zwei Flaschen Rotwein sein,
das *ver-*
in deinem Schlafen,

will in deinem Bus-verpassen
ein Grinsen sein,
die Unordnung
in deinen Haaren,

will in deiner gesunden Ernährung
eine Pizza sein,
das *schön*
in deinem Scheitern,

will in deiner Frustration
die richtigen Worte sein,
das *raus*
in deinem Weiter,

will mit dir weg
und für dich da sein,
wenn du jemanden zum Reden brauchst,

will das Fenster in deinem Kopf sein,
die Lücke
in deinem Lebenslauf.

wo es bereits endet,
bevor es vorbei ist

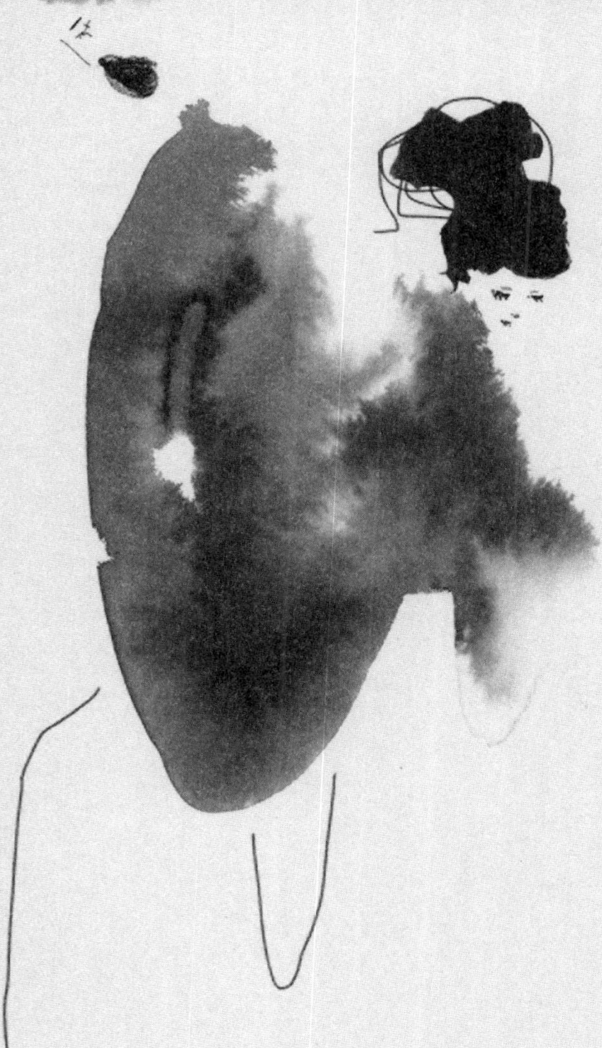

der Boomerang-Effekt meiner Angst

Ich sehe was, was du nicht siehst,
und das ist die Menge aller Dinge,
die rein theoretisch schiefgehen könnten.

Zum Beispiel,

dass es den Einen gibt,
und ich weiß es nicht,
weil ich bei dir bin
und ihn verpasse,

oder

dass du der Eine bist,
und ich begreife es nicht,
bis es an mir liegt
und ich es vermassle,

oder

dass es an uns beiden liegt,
weil wir uns nie einig sind,
dass wir uns zu viel werden,
bis wir uns hassen,

oder

dass ich dir peinlich bin
und dir nicht reiche,
bis du mich betrügen wirst
und verlassen,

oder

dass du diese Zeilen findest
und beleidigt bist,
weil du doch niemals
an so etwas dachtest

und

mich dann dazu geleiten willst,
nicht mehr zu zweifeln,
bis du daran verzweifelst,
dass ich es nicht schaffe.

Jedes denkbare Szenario
durchspiele und erfühle ich –
ich sehe was, was du nicht siehst,
und verliere doch den Überblick.

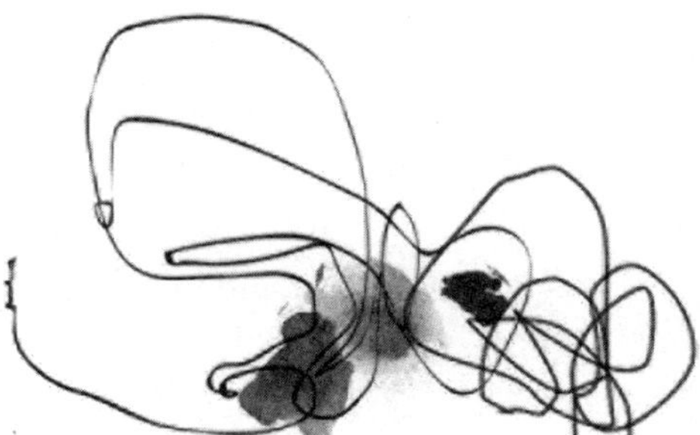

deine Seite meines Bettes

Deine Seite meines Bettes hast du inzwischen so tief eingelegen, dass ich mich auch dann auf meine Hälfte beschränke, wenn ich alleine bin; du hast allein sein ziemlich hässlich gemacht.

An Sonntagen bist du jetzt die Freundin, mit der ich mich zum Kaffeetrinken treffe, dein Kaffee schmeckt auch an Montagmorgen noch genauso gut, du müsstest nicht so früh aufstehen, um mich zu wecken, ich weiß, dass du mir manchmal zusiehst, wenn ich schlafe, du bist jetzt diese eine Bekannte, mit der ich mich nur dann treffe, wenn ich über Probleme reden möchte, du bist der andere, den ich ficke, um mal zu schweigen, du bist mehr, als ich zum Geben habe, aber fühlst dich zu richtig an, um nicht zu bleiben, du bist Filme gucken an Regentagen. Du kannst auch an Dienstagen ein verschlafener Samstagnachmittag sein, du bist eben Tag, wenn du da bist, und Nacht, wenn du gehst. Du hast allein sein ziemlich hässlich gemacht.

Haben Sie noch weitere Anmerkungen zu Ihrer Motivation, die wir in der Online-Bewerbung nicht abgefragt haben? Dann können Sie uns diese in dem folgenden Feld mitteilen.

Deine Seite meines Bettes hast du inzwischen so tief eingelegen, dass ich manchmal fürchte, andere Männer könnten nicht mehr hineinpassen. So tief eingelegen, dass ich manchmal nachts wach werde, weil ich selbst hineingefallen bin; dann liege ich in deiner Kuhle und frage mich, ob ich das eigentlich okay fände, wenn wir jetzt für immer wären … Ich mag, wie gut mein Kopf auf deinen Brustkorb passt, und denke zu wissen, dass du es okay fändest, aber was, wenn es nicht okay ist?

Wie komme ich dann wieder hier raus und auf meine Seite des Bettes, da liegt nämlich jetzt niemand mehr, können wir nicht ein wenig Schaumstoff bestellen und deine damit auffüllen, das würde sich irgendwie sicherer anfühlen, vielleicht dürftest du dann öfter bei mir übernachten. Ich bin gerne ohne dich unterwegs, das erzähle ich dir häufig – weil ich gerne zu dir zurückkomme, darüber rede ich eher selten. Ohne dich ist nie ganz so schön.

Also nimm meine Hand, lass uns Singles
ärgern,
ich mag es, mir uns anzusehen,
komm mal ran, und bleib mal länger,
ich mag es, mit dir anzugeben,
die Abgründe der Welt
sind doch nur da, um bis zum Rand zu gehen,
noch einen Schritt heranzutreten,
sich anzusehen, an der Kante stehend
beieinander anzulehnen
und sich dann zu fragen,
ob zum Abheben
der Fall nicht doch ein bisschen tief ist –

gib mir mal Platz.
Das geht echt weit runter da,
und meine Knochen brechen leicht,
gib mir mal Platz,
mir ist irgendwie unbehaglich,

mit jeder Woche, die verstreicht,
kommst du mir eine Woche näher,
und ja, ich hoffe, dass das reicht,
aber was, wenn es nicht reicht,
fass mich jetzt nicht an,
gib mir mal Platz,
gib mir mal noch ein bisschen Zeit,
gib mir mal Platz,
gib mir mal –

dein letztes Hemd. Mir ist kalt.
Und es wäre schön, wieder mehr Sex zu haben,
die Frage ist doch eigentlich nicht, ob wir uns
  treffen,
sondern nur, in wessen Bett wir schlafen,
heute bei mir und morgen bei dir
und übermorgen und die restlichen Abende,
andere Pärchen und Freunde und wir,
dann die erste Wohnung in besserer Lage
und andere Freunde, den Job und Kollegen,
und es gibt Tage, an denen wir uns schlechter
  vertragen,
ja, Differenzen, aber wir können drüber reden

und guck mal, die anderen, was für ein Pech die schon wieder haben,
und wir sehen uns am Wochenende, ich habe noch viel zu erledigen,
vielleicht sollten wir an manchen Ecken wieder sparen,
du weißt ja, ich habe Auftritte, aber es reicht halt nicht zum Leben,
und die nächste Miete müssen wir schon am sechsten wieder zahlen,
und aha. Die Blonde also. Von der Arbeit. Wann wolltest du mir das erzählen?
Ich kann's nicht fassen, was für einen Dreck du schon wieder laberst,
jetzt lüg mich nicht an! Verkauf mich nicht für dämlich,
und wie ich das hasse, wenn du diese rechthaberische Art hast –

> Was soll ich denn machen, du vertraust mir doch eh nicht,
> und kannst du mir sagen, wann du zum letzten Mal da warst?

Ich bin eben einsam, wenn du dauernd
unterwegs bist,
und jetzt erzähl mir nicht, an welchem
Text du schon wieder arbeitest,
weißt du was? Das mit deinem Schreiben,
das wird doch eh nichts,
wie stellst du dir das überhaupt vor; dass du
irgendwann einen Beststeller am Start hast?
Tut mir leid. Ich weiß eigentlich selbst
nicht, was mein Problem ist,
können wir einfach so tun, als ob ich das
Letzte nicht gesagt hätte,
und schlafen gehen? Ich bin müde. Wir
können ja morgen wieder reden,
und vielleicht hast du recht, und es wird
alles gut,
es ist nur verdammt stressig, darauf zu
warten.

Und irgendwann neue Nachbarn und Reihen-
haus in kleinerem Städtchen,
du gießt die Tomaten und die Zypressen im
Garten,

du fährst morgens zur Arbeit, ich kaufe den
Rotwein bei REWE,
und die Nachbarn versuchen es jetzt schon seit
Jahren,
und auch du hättest gerne so einen Kleinen in
deinem Leben,
um unten am Bach mit ihm Frösche zu jagen,
um ihm die Blumen zu zeigen und die Weite der
Gegend,
um im Sommer mit ihm durch Gewässer zu
waten –
aber vielleicht sollte ich nicht so weit in die
Zukunft denken.

Wir freuen uns sehr, Ihnen mitteilen zu dürfen, dass Ihre Bewerbung auf eine unserer Einsatzstellen im Ausland erfolgreich war. Mit dieser E-Mail erhalten Sie ausführliche Informationen zur Teilnahme sowie das Formular zur Annahmebestätigung.

Der Koffer ist gepackt. Drin liegen Moskitonetze und leichte Stoffe, Behältnisse, in denen ich Gewürze mitbringen möchte, wenn ich wiederkomme, ich war schon lange nicht mehr ohne dich unterwegs. Ängste darf man bei Brussels Airlines umsonst mitnehmen, und auch für die Zweifel muss man nicht draufzahlen, das ist doch schon mal was.

Ich frage mich, wie tief ich meine Seite deines Bettes eingelegen habe, und wie viele Frauen wohl noch zwischen deine Laken passen. Es tut mir leid, dass ich dir keinen guten Grund zum Bleiben gegeben habe, darf ich dir trotzdem noch ein letztes Mal in die Haare fassen? Auch, wenn du mir das jetzt nicht glaubst; diesmal bleibe ich, vielleicht können wir das mit dem Vertrauen ja noch am letzten Abend schaffen, ich weiß, es ist meine Schuld, dass du schon wieder allein bist, es ist nur irgendwie zu spät, um das jetzt gar nicht zu machen, fass mich einfach noch mal an. Fass mich so an, dass deine Finger Abdrücke in meine Haut geben, die aufleben, wenn ich allein bin, vielleicht sollten wir jetzt aufgeben, es wäre schön, wenn du nicht aufgibst, wenn wir's hinkriegen, dann kriegen wir's zu zweit hin, und verdammt, mir wird das fehlen, deine Art und unser Leichtsinn; hier ist meine neue Nummer, bitte häufig wählen, und lass uns skypen, wenn du Zeit findest, jeden Tag, den wir uns mal nicht sehen, fange ich an, daran zu zweifeln, dass ich bereit bin, und vielleicht mag das ein Fehler sein, dann lass mich diesen Fehler machen, und wenn alles gutgeht, sehen wir uns wieder, wenn ich daheim bin.

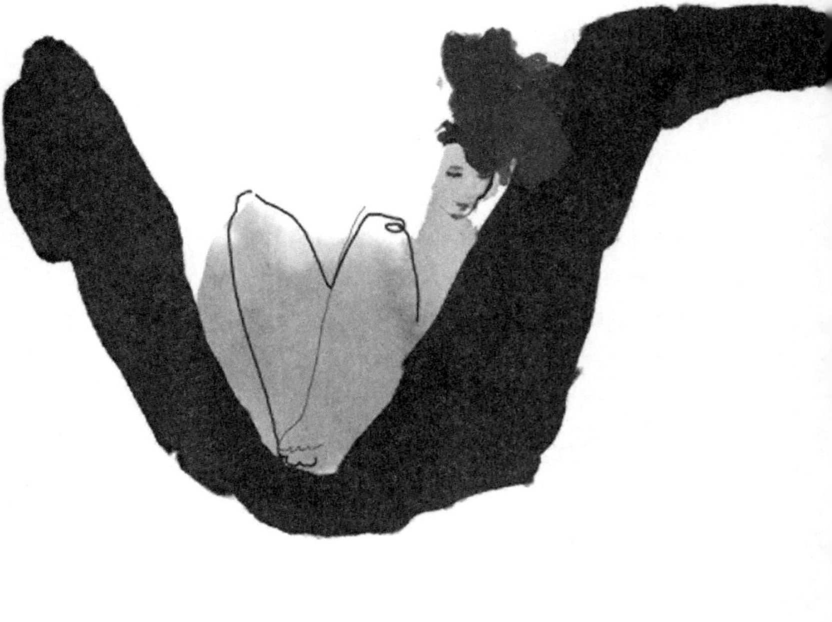

von Bindungen und Ängsten

Meine Angst ist mir ein Koffer,
immer bereitliegend gepackt und
meiner Liebe ein Fallschirm
für den rechtzeitigen Absprung.

Meine Angst ist eine Läuferin,
die aus Angst davor, zu stolpern,
vor jedem Hindernis verharrt,
vor jedem kleinsten der Probleme.

Meine Angst ist eine Werferin,
stets zögerlich im Werfen,
und so trifft sie nur diejenigen,
die ihr am nächsten stehen.

Meine Angst ist eine Kämpferin
und nur ungern alleine,
versuch, von ihr zu gehen,
und sie bricht dir die Beine,

versuch, bei ihr zu bleiben,
dann bricht sie dir dein Herz,
und am Ende steht die Frage:
War das all die Liebe wert?

Wochen_enden

das Schlimmste ist,
sich von dir zu verabschieden,
als sei der gesamte gestrige Abend,
alles, was wir gesagt und getan haben,
nie wirklich passiert,
wieder zurück in eine Welt,
in der nichts darauf hinweist,
dass es dich gibt.

vom Abschied und Anfang

Hier, wo ich hinter den milchigen Scheiben
des Security Checks
aus deiner Sicht entschwinde,
nehme ich einen Schritt in die Richtung,
in der *Wir* vorbei sind
und *Ich* beginne.

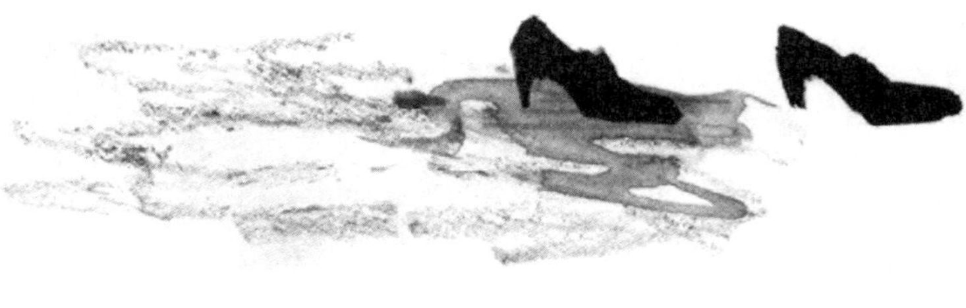

Mittelweg

Komm, lass uns einen Kompromiss finden,
ja, das wäre doch gerecht,
dann kommen zwar weder du
noch ich
dahin, wo wir eigentlich hin wollten –
aber zumindest
beide gleich wenig.

rhetorische Fitness

Wenn Schwäche dort beginnt,
wo Schmerzen zu spüren sind,
dann waren wir einander das härteste Fitness-
studio,
das man sich hätte vorstellen können:
Befanden uns schon beim Frühstück im Spagat
zwischen ungleichen Ansichten,
eine toleranzzehrende Übung
nach verdammt hohen Ansprüchen,
wärmten uns auf, in Gesprächen
zum Vergeben von Schuld,
und im Dehnen der Fäden
unserer beweglichen Geduld,
trainierten mittags unsere Arme
im Anschuldigungs-Werfen
und unser Rückgrat, um uns langfristig
gegen Angriffe zu stärken,
dann im abendlichen Intervalltraining
unsere Abwehr und Kraft
durch die Wiederholung der immer selben
verletzenden Worte pro Satz,

lernten, Enttäuschungen zu stemmen
und unsere Zweifel zu tragen,
bis uns manchmal beinahe
unsere Beine versagten,
während jeder weitere Tag
unseren Ängsten in die Hand spielte –
bis wir einst so stählern waren,
dass gar nichts sich mehr anfühlte.

Ultimaten

Herzlichen Glückwunsch:
Du hast den einzigen Weg gefunden,
mich sogar dann zu verlieren,
wenn ich mich *für dich* entscheide.

von König und Dame

Erinnerst du dich daran, wie wir im Sommer am
Strand Schach gespielt haben?
Da haben Haare und Palmen im Wind geweht,
da ist uns das Salz über unsere begierigen Lippen
geperlt,
verdammt, war das lieblich.
Nur, dass wir jetzt um mehr als kleine
Holzfiguren spielen,
nur, dass du keinem König mehr ähnelst
und ich auch in keiner Weise mehr einer Dame
gleiche;
dafür haben wir uns unsere Gewänder doch
schon viel zu schmutzig gemacht,
haben viel zu viel Dreck ins Haus getragen,
du hast deine Schuhe an meiner Würde
abgetreten,
wir sind jetzt die Huren dieses Königshauses.
Wir haben unsere Liebe in irgendeiner Kneipe
beim Wetten gesetzt und verloren,
wir haben sie am Abhang geparkt und beide
vergessen, die Handbremse zu ziehen,

wir sind die hässlichen Seitensprünge der
   Unschuld,
und du denkst wirklich, dass du mich nach
   alledem noch anfassen darfst?
Geh' dir erst mal die Hände waschen. Da klebt
   noch ein bisschen Sie dran.
Das in meinem Gesicht, das ist Kriegsbemalung –
und das zwischen uns ist Krieg, verdammt.

Eifersucht

Aller guten Dinge sind drei,
und damit oft einer zu viel,
und wenn einer Pech in der Liebe hat,
dann weil er zu schlecht ist im Spiel.

Alte Liebe rostet nicht –
ja, wenn sie nicht im Regen stünde,
und wer anderen eine Grube gräbt,
der hat meist verdammt gute Gründe.

Wer seine Verletzungen nicht desinfiziert,
der darf auch auf Heilung nicht hoffen,
denn ja, die Zeit heilt alle Wunden –
es sei denn, sie lässt sie verrotten.

Schmutz

Eine Hand wäscht die andere,
deswegen hast du auch
zwei Hände.

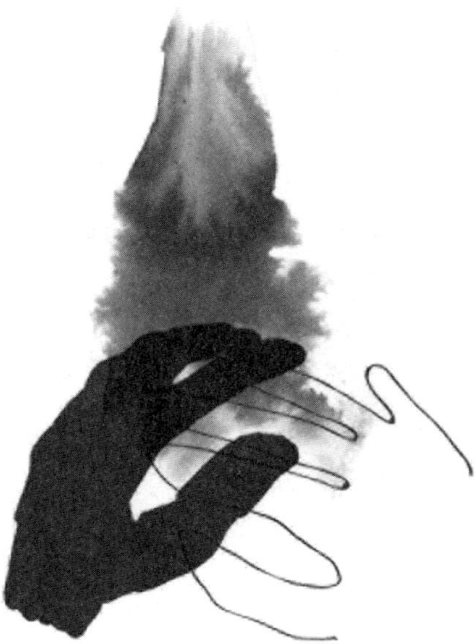

Projektion

Am Anfang
hast du so zu mir gepasst,
wie eine Strumpfhose
zu einem passt,
legtest dich an mich,
flexibel,
durch mich erst
eine Form,
so wie auch eine Strumpfhose
eben nur die Idee
eines tatsächlichen Kleiderstücks ist.

die Kaiserin von Einsam

I.
Dort im Hausflur steht Herr Einsam,
steht in Mantel und Sandalen,
holt aus dem Postfach sich die Zeitung,
lehnt an der Wand und blättert Zahlen;
stehen im Lotto doch die Chancen
wahrlich schlechter als gering,
muss er eben häufig blättern,
denn er möchte ja gewinnen.

Der Tag beginnt mit Ritualen,
mit Ritualen hört er auf.
Er ist wach, wenn andre schlafen;
riecht sein Atem noch nach Rauch
oder das Rauchen schon nach Atmen?
Er kann's nicht sagen, riecht doch auch
bereits der Staub im Haus nach ihm
und nicht mehr er nach seinem Staub.

Die Menschen in der Zeitung
tragen Kleider, treiben Sport,

führen Kriege, fahren Autos,
fahren Schienen, fahren fort
mit dem Leben, das dort draußen
für die Draußen-Menschen da ist;
er bleibt heut wieder zu Hause,
wohl auch morgen,
und er wartet
auf ein Zeichen, eine Einsicht,
auf ein Etwas, das geschieht,
auf einen guten Grund zur Eile,
auf einen Grund zur Phantasie,
auf einen Grund zum früher Aufstehen,
öfter rausgehen, Schuhe tragen,
auf einen guten Grund zum Saugen,
vielleicht mal aufräumen und – nun ja –
Schuhe zu tragen, wie die meisten normalen
  Menschen es tun,
das wäre wohl wirklich ein guter Anfang.

Aber dann, an einem dieser Morgen
mit schlechter Laune, schlechten Zahlen,
sieht er die Haustüre kurz aufschwingen
und eine Frau einen Teppich tragen;

es kommen Helfer und Verwandte
in das Treppenhaus geströmt,
und die Frau lächelt ihn an,
und was lächelt sie, so schön,
dass Herr Einsam, der immer meinte,
er wird's erst glauben, wenn er's sieht,
mit seiner Zeitung plötzlich strauchelt,
nicht mehr weiß, wie ihm geschieht,
und als die Frau ihn lässig auffängt,
ihn wieder aufhebt, aufstellt, hievt,
da sieht er in ihre Augen –
und Herr Einsam ist verliebt.

Denn diese Augen, das sind Meere!
Und er neigt ja nicht zum Kitsch,
aber diese Augen, das sind ja fast schon Ozeane!
Und in der Brandung ihres Blicks
umspielt die Gischt ihm seine Knie,
spült sie weich, hüllt ihn in Rauschen,
sieht er Wimpernwellen
schlagen
ihm im Klimpertakt
entgegen

jeden Sinns, jeder Erwartung
denkt es ihm: Revolution!
Trifft er auf, taucht er ein,
zieht es tosend ihn zu Boden,
macht ihn staunen, macht ihn klein,
sieht er auf zu ihr nach oben –

und er neigt ja nicht zum Kitsch.
Und er neigt nicht zur Metapher.
Doch scheint keine Metapher gut genug
für die Leichtigkeit an sich,
mit der sie meilenweit sich bückt,
sammelt Zeitung auf und Schlüssel,
ihm zu reichen seine Sachen,
von den gut versteckten Händen
rinnt ihm Schweiß in seine Taschen,
und er will sie nicht berühren
und verharrt, verschämt, verlegen,
und sie hält ihm seit Sekunden schon
sein Hab und Gut entgegen,
und er denkt nur: Was für Arme!
Sanft behaart, doch hart im Nehmen!
Und sie denkt sich: Dieser Bart

scheint eher zaghaft nur gepflegt.
Und er denkt sich: Ihre Haare
sind wie Garn, wie sie sich legen
um die Schultern, und was kann sie
filigran sich nur bewegen,
denkt: Im Leben kann es Wesen
dieser Art doch gar nicht geben –

Frau Fröhlich blinzelt ungeduldig
in Erwartung einer Regung,
doch der unrasierte Mann
weiß nicht mehr Sprache, weiß nicht reden,
atmet dümmlich vor sich hin,
starrt und starrt nur in die Gegend,
und sie hat eigentlich nicht vor,
den ganzen Tag noch hier zu stehen,
also wünscht sie ungeduldig
eine Phrase, um zu gehen,
um in flüssiger Bewegung
einem Gespräch sich zu entwinden,
doch in der Mitte der Umdrehung
blickt sie versehentlich nach hinten –
wo Herrn Einsams Wohnungstüre

einen Spaltbreit offen steht
und der Welt, wie jeden Morgen,
seinen Lifestyle offenlegt.

Durch die dreckverschmierten Fenster
fallen nur spärlich Sonnenstreifen,
sie verlieren sich im Tabaknebel,
so dass die Sicht verschwommen bleibt,
über den versifften Glastisch
zieht Limonade ihre Schlieren,
der Flur scheint da, wo sich Katzen treffen,
um Haare zu verlieren,
und die Frau hebt ihre Brauen
in gekonnter Harmonie,
und die Frau stößt leise auf,
und die Frau sagt einzig: Ih.
Denn wo ein Anblick sie verstörte,
macht ein andrer sie verstörter,
wo Flurdielen zur Küche werden,
gammelt angelebt ein Burger.

II.
Vor ihrer Türe steht Herr Einsam,
steht in Anzug und Krawatte,
riecht nach Aftershave, die Haare
eine angegelte Matte;
stehen in der Liebe doch die Chancen
wahrlich schlechter als gering,
trägt er heute festes Schuhwerk
und in der Rechten einen Ring.

Als sie ihm öffnet, kniet er nieder,
senkt das Haupt, und sie verschluckt
vor lauter Aufregung ihre Worte,
und so schaut sie nur verdutzt
zu ihm hinab und wartet schweigend,
lässt sie den Moment verstreichen,
in dem noch nichts gegeben ist, lässt sich die
   Unendlichkeit
des letzten Zugs vor der Entscheidung
beinahe greifen, zwischen ihnen in der Luft
scheint jedes noch so kleine Teilchen
für den Bruchteil eines Bruchteils
stillzustehen in seinem Treiben.

Und so holt er aus seinem Rucksack
nun auch ein Zepter und eine Krone,
hält mit dem Ring sie ihr empor,
sagt: Im Wohnzimmer meiner Wohnung
habe ich einen Thron für dich erbaut,
er steht bereit, mach's dir gemütlich,
bleib dort oben, und ich gelobe
stets zu bleiben zu deinen Füßen,
dir treu zu sein und Freund zu sein,
bin Liebhaber dir und Schatten,
keine Mühen werde ich scheuen,
dir zu dienen, dich zu achten,
mache dich zur Königin meines Fühlens
und zur Königin meines Denkens.
Lass dich nur nieder auf dem Samt,
denn diesen Platz macht keine streitbar,
werde Königin meines Willens
und meiner Zeit, mach sie vertreibsam,
nimm diese Krone und ich kröne dich
zur Kaiserin von Einsam.

Sie nimmt Platz, erprobt die Aussicht
und denkt kurz daran, zu gehen –

doch dann bleibt sie lieber sitzen,
denn es ist ja auch bequem.

Und er liebt sie wie ein Hund,
und er liebt auf allen vieren,
trägt ihr emsig ihre Zeitung
durch den Flur, sie zu servieren,
macht ihr Frühstück, macht ihr Augen,
macht ihr täglich Komplimente,
trägt auf silbernem Tablett
ihr Juwelen an die Hände –
und was ist sie majestätisch!
Und was ist er mit ihr glücklich!
Kommt sie heim, hat er gekocht,
regt sie sich auf, wird sie beschwichtigt,
ist sie traurig, ist er Schulter,
er räumt auf, macht alles richtig,
nichts, was auszusetzen wäre,
nichts, was er nicht kann oder nicht ist,
bleibt daheim den ganzen Tag,
lauscht aufmerksam ihren Berichten
aus dem Leben, aus dem Draußen,
staunt sie an und wähnt sich glücklich,

und er nickt. Gleich, was sie sagt,
das wird schon stimmen, sie hat schon recht,
dabei wünscht sie an manchen Tagen,
er könnte ihr einmal widersprechen,
dabei will sie an manchen Tagen
seinen Eifer und Respekt nicht;
sieht er aus ihrer Perspektive
doch zunehmend klein aus und hässlich.

Sie blickt auf ihn hinab,
wie er geifernd und hechelnd
wartet zu ihren Beinen,
die sie ihm trotzdem nicht öffnet –
und manchmal fragt sie sich: Was tun?
Und manchmal: Was ändern?
Und haben andere Schultern
vielleicht auch schöne Männer?
Und sie hat niemanden zum Reden,
und sie hat niemanden zum Teilen,
und Herr Einsam ist ergeben,
und Frau Einsam ist allein.

Doch eines Nachts
kann sie nicht schlafen,
Herr Einsam liegt friedlich,
flach geht sein Atem,
die Straßenlaternen
glimmen durchs Fenster,
sie richtet sich auf,
das Rascheln der Laken
zerschneidet die Stille.
Herr Einsam bleibt friedlich.
Sie entledigt sich leise
der Tracht der Monarchin –
fort das Zepter, fort die Krone,
denkt sie sich: Revolution.
Streift den Ring von ihrem Finger,
verlässt die Kaiserin den Thron,
stürzt hinaus und auf die Straße,
scheint die Nacht ihr hell wie nie,
denn jetzt weiß sie: Gute Liebe
ist auch immer Anarchie.

unganz

Wie klein sich einer fühlen muss,
der Teil sein will
von einem anderen Menschen,

wie unvollständig du dich gefühlt haben musst,
als du mir erst nahmst,
um mich dann zu ergänzen.

Verschleiß

Ich will niemanden, der bloß zu mir passt,
weil wir uns in unseren Unterschieden
so lange aneinander wetzen und schleifen
mussten,
bis wir letztlich ausreichend abgetragen waren.

wo es vorbei ist, aber
noch lange nicht endet

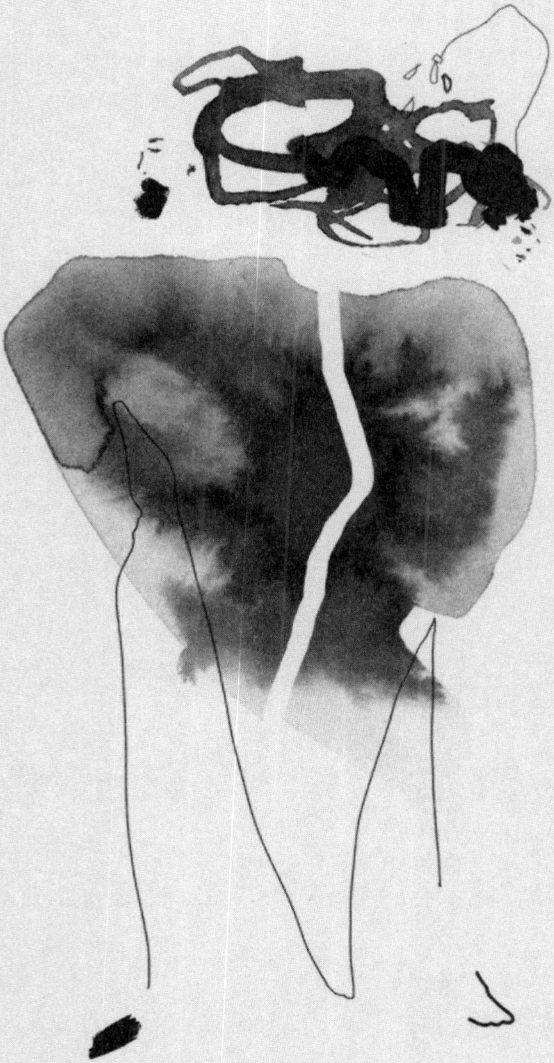

Wut

Weißt du, wenn ich deinen Kopf in der einen
hätte
und einen Ziegelstein in der anderen,
dann würde ich dir für die ganze Sache jetzt
frenetisch applaudieren.

Schuld

Du fragst mich, was ich mir dabei gedacht habe,
und ich möchte erwidern, dass, hätte ich überhaupt gedacht,
du mir diese Frage sicher nicht stellen müsstest.

Marathon

Es gibt keine scheiß Medaille
dafür, dass wir geblieben sind,
obwohl wir bereits wussten,
dass wir einfach zu verschieden sind,

keine scheiß Medaille
für die Zeit, die wir wach lagen,
all die Morgen und Nächte,
die wir streitend verbracht haben,

keine Medaille für die Anstrengung,
das Reden und Verstehen,
die Kompromisse und das Aufgeben
von Lebensqualität,

für all die Pläne, die wir zähneknirschend
aneinander anpassten,
während Gedanken an jemand anderen
uns beinahe um den Verstand brachten.

Niemand gibt uns eine Urkunde
für besonders rege Teilnahme,
dafür, dass wir zwar nicht glücklich,
aber immerhin dabei waren,

niemand stoppt für uns die Zeiten,
in denen wir wochenlang bloß schweigen,
niemand klopft uns auf die Schulter,
wenn wir doch zusammenbleiben –

denn am Ende des Weges
ist trotz der Mühen und Bestreben
die einzige Medaille dieser Welt
eben ein zufriedenes Leben.

Draußen ist Sommer

Wenn ich den Arm ausstrecke, wird es warm auf der Haut, du sagst, ich soll aufpassen, dass ich mich nicht zu weit aus dem Fenster lehne, aber mir ist das, was du sagst, neben dem, was ich will, schon lange nicht mehr wichtig – du sagst, wenn man sich zu weit aus dem Fenster lehnt, dann kann man hinausfallen. Na und? Du sagst, wenn man hinausfällt, dann kann man sich verletzen – aber sieh doch mal. Die Aussicht. Sieh doch mal, da draußen auf der Straße, all die vielen Menschen, die da laufen, wie die aussehen, wie die drauf sind, so gelassen und berauscht sind, wie ihr Lachen so verzaubernd durch die Gassen bis hinauf klingt: All die vielen schönen Menschen … all die vielen schönen Männer … was die wohl für Geschichten zu erzählen haben? Wie die wohl riechen, wenn sie tanzen?

Du sagst, wenn ich jetzt aus dem Fenster falle, dann tue ich mir weh und dir weh und dem weh, der mich auffängt, aber mir ist das, was du fühlst, neben dem, was ich will, schon lange nicht mehr wichtig – von hier oben betrachtet, haben einige von denen sogar Hände wie Bassisten. Was diese Hände können könnten, das könnte ich wohl wissen, wenn ich mich nur ein ganz klein wenig weiter … keine Heldin in dieser Geschichte … bloß ein ganz klein wenig weiter … Wie ihre Stimmen wohl klingen, wenn sie an meinem Körper vibrieren? Wie ihre Blicke sich wohl nachschweifend in ihren Wörtern verlieren? Wie sie sich wohl bewegen, wenn ich eines meiner Beine über ihre Beine lege und dann schweigend so verweile? Wie es sich wohl anfühlt, sich in Leidenschaft zu halten und wie, wenn sich dann langsam meine Beine für sie teilen? Das könnte ich wohl wissen, wenn ich mich nur ein ganz … klein … wenig … weiter aus dem Rahmen des für dich Erträglichen lehnte …

Draußen ist Sommer, drei Kugeln Sahneeis mit extra vielen Streuseln, gerade noch in der Hand gehabt – jetzt alles auf Asphalt, die Konservendose mal wieder zu schwungvoll geöffnet, Tomatensauce bis in die winzigsten Spalten, *den Teppich, den kriegen wir jetzt ganz sicher nicht mehr sauber,* da hilft kein Hoffen, kein Fegen, kein Schrubben, kein Reden, Wasser in hohem Bogen – *das war meine allerliebste Vase, verdammt, mir so teuer, warum würdest du nur* – aber solche Dinge passieren eben, da ist doch keiner richtig schuld – *aber doch, aber du warst mal wieder so … so unumsichtig, verdammt, so impulsiv, und jetzt hast du dich mir weggenommen. Und wie ich dich dafür hasse. Und wie sehr du mir jetzt fehlst. Und wie ich dich dafür hasse, dass mich keiner so versteht, wie du es tust, und was ich alles gäbe, um nur einen einzigen Tag lang all das vergessen zu können, was wir im Streit zueinander gesagt haben, vergessen zu können, dass, was ich fühle, für dich keine Relevanz hat, obwohl du der Mensch auf der Welt warst, der mich am besten gekannt hat, weißt du noch, wie du einmal meintest, ich sei in dir genauso zu Hause wie in mir selbst? Wie gerne ich dir dafür wehtun würde. Und dafür, dass du mich erniedrigt hast. Für all die Kompromisse, dafür, wie ich dich gepriesen habe; kannst du dir vorstellen, wie sich das anfühlt, sich jahrelang für dich zum Affen zu machen? Während du schon daran scheiterst, dich einfach nur nicht begrapschen zu lassen? Ich habe dir alles gegeben, was ich hatte, du Schlampe, du hässliches Drecksstück, wie konnte das nicht reichen?*

Und weißt du, was das Schlimmste daran ist? Das Schlimmste ist, dich jetzt weinen zu sehen, nachdem du es mir genommen hast, deine Hände in die meinen zu nehmen, nachdem du mir die Erinnerungen genommen hast, so dass ich nicht mehr an dich denken kann, ohne mich zu fragen, wessen Hände uns beendet haben, du hast mir uns weggenommen. Und ja, was würde ich gerne bleiben. Aber du zwingst mich, zwischen meinen Gefühlen für dich und meiner Würde zu entscheiden, und ein Fall ist kein Sprung.

Es braucht keine Kraft zum Entgleiten.
Und fällt dir eine Vase,
dann weil du zu schwach warst, sie zu halten,
und fehlt dir die Kraft,
dann weil längst kein Wille mehr da ist –
der Aufprall ist genauso hart,
wie von dir erwartet.

Beim Aufstehen hilft mir eine Hand, die von hier unten betrachtet auch nichts weiter als eine ganz normale Hand ist. Mein Stolz schneidet mir eine kesse Kurzhaarfrisur und zählt alle Gründe dafür auf, dass das mit uns beiden früher oder später ohnehin in die Brüche gegangen wäre – und überhaupt, du hättest mir ja auch mal sagen können, dass ich mich nicht zu weit aus dem Fenster lehnen soll, dann wäre das alles gar nicht erst passiert. Zweihundertfünfzehn Tage, sechs Umzüge in einem dreiviertel Jahr folgen auf ständig neue Lebenspläne, Zwischenmiete über Zwischenmiete, zwischen fremden Möbeln und dem stetigen Treiben eines selbstverschuldeten Alltags würde ich dich manchmal gerne anrufen – um dir etwas zu sagen, was genau weiß ich nicht, im Keller meiner Eltern liegen noch immer meine Sachen, die ja irgendwie auch deine sind, du hattest schöne Hände, einfach dadurch, wie du meine Hände in deinen Händen gehalten hattest, und manchmal sind meine Hände noch immer deine Hände, wenn ich mich anfasse; Freunde erzählen mir, dass dich jetzt jemand anständig liebt, manchmal bin ich wütend, ohne recht sagen zu können, auf wen, manchmal ist mir übel, möchte mich übergeben, waren die Augen mal wieder größer als der Magen, seit du nicht mehr schreibst, verstehe ich zum ersten Mal in meinem Leben, was Exklusivität bedeutet; meine Freiheit schmeckt mir nicht mehr. Zweihunderfünfzehn Tage zwischen uns und mindestens genauso viele Geheimnisse, vier neue Lieblingsbands, ohne dass ich weiß, ob eine davon vielleicht auch deine ist, sechs neue Freunde mit einem anderen Humor, in einer Stadt, von der du genauso wenig wissen kannst, dass sie jetzt meine ist, erinnern mich daran, dass eine Trennung nicht der Moment ist, in dem einer aus dem Fenster fällt, sondern die Summe aller Tage, die danach kommen.

Du warst Sommer.

flüchtig

Ich habe an Viskose gerochen
und an 11 % Elastan,
und jede Faser des Stoffes
war getränkt in der Ahnung
deiner Haut, deines Schweißes,
eines Hauchs deiner Seife,
die nach nur wenigem Schleudern
mit dir gemeinsam verschwand,
so wie wohl auch die Liebe nichts weiter
als ein leichter Geruch ist,
nur dann greifbar, wenn sie einmal
zwischen zweien in der Luft ist,
wenn man sie hat, ist sie kaum merkbar,
liegt in fragiler Chemie,
bis sie schon bei der winzigsten Bewegung
einfach wieder verfliegt.

Fremdwert

Wir erzählen uns, dass Schönheit
im Auge des Betrachters liegt,
und so habe ich nie gelernt,
mich schön zu finden,
wenn der Betrachter einmal weg ist.

abgeworben

Und noch bevor ich merkte,
dass ich mich auf einem Markt befand,
haktest du dich schon bei mir ein,
beugtest dein hübsches Gesicht zu mir herab
und flüstertest mir Angebote ins Ohr,
für die nie eine Nachfrage bestanden hatte,
machtest mir Komplimente für Eigenschaften,
von denen ich nicht wusste,
dass sie Qualitäten bargen,
sprachst von Vorzügen und Besonderheiten,
von denen ich nicht wusste,
dass in ihnen Bestreben lagen,
umwarbst mich mit Ideen,
von denen ich nicht wusste,
dass sie bereits Pläne waren,
ehe du mir ein Leben andrehtest,
von dem ich nicht wusste,
es überhaupt ersehnt zu haben,
führtest mich entlang unter einer Sonne,
die gewinnbringend sich zeigte,
vorbei an all den Händlern,

ihrem Schwindeln und Feilschen,
umgarntest mich mit einem Versprechen,
das in jedem deiner Blicke lag,
bis du mich schließlich vergessen ließt,
dass ich auch vor dir einmal glücklich war.

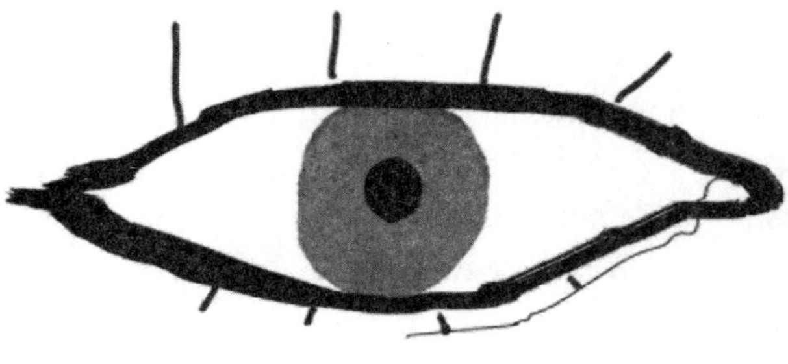

in Ordnung so

Du warst den ganzen Tag unterwegs,
schreibst das Jahr nach ihm,
zwischen den Zeilen deines Kalenders,
zwischen Kaffeetrinken und Stifteschwenken
bahnst du dir deinen Weg,
und jetzt stehst du auf deiner Fußmatte;
putzt die Schuhe ab, putzt die Schuhe ab,
bis deine Sohlen so sauber sind,
dass jeder dein Zögern erkennen kann.

Den Schlüssel hast du tief in deiner Tasche
  vergraben,
unter etlichen Notizzetteln,
darauf Verabredungen vermerkt,
und unter deiner Zahnbürste,
die du jetzt immer bei dir trägst,
aber umhin, ihn zu finden, kommst du nicht.

Und dann schwingt die Tür auf,
und du lässt sie so,
denn zu bleiben hast du nicht vor;

nur schnell das enge Kleid,
schnell die Haare gemacht,
hast dich im Treiben schon wieder verloren.
Mantel drüber, Schuhe an,
Türe fällt ins Schloss.

Du bist die ganze Nacht unterwegs.
Immer dort, wo es laut ist,
zwischen Martini und Rauschgift,
zwischen Tanzfläche und Stammkneipe
verreibst du dir die Tränen,
lässt Fremde deine Hand ergreifen
zwischen Matratzenlager und Couchtisch.

Deine Wohnung bleibt weiterhin leer,
deine Wohnung bleibt weiterhin staubig.
Und du rauchst nicht mehr,
denn insgeheim fürchtest du deinen Balkon, auf dem Abende erst ausklangen,
wenn die letzte Kippe verglomm,
und du dachtest, du packst das schon,
aber jetzt klingt auf deinem Balkon nichts mehr.
Die letzte Kippe ist lange geraucht.

Und du hast Angst vor der Stille, die erdrückend
sich aufzwängt,
tief in dir etwas aufbricht,
das dir eigentlich vertraut ist –
doch nun kannst du auf dem Balkon nicht mehr
bleiben.
Und in der Küche kannst du das auch nicht,
denn dort steht noch sein Tee,
der an euren letzten Abend erinnert,
und manchmal macht dich das traurig,
und dann denkst du dir: Die Kekse?
Die isst jetzt auch niemand mehr.
Und es sabbert auch niemand mehr liebevoll
auf deinen Kopfkissenbezug;
der ist kalt jetzt und starr,
der ist weiß jetzt und hart,
dein Bett vor Weilen einmal gemacht
und gemacht jetzt schon seit Weilen:
Nach den ersten Tagen seines Schweigens,
das jeden Abend in den Falten
des Bettbezugs auf dich wartete,
hattest du dir gewünscht, dass es irgendwann,
eines Tages, wieder in Ordnung ist;

also bezogst du das Bett neu,
bezogst es glatt, faltenfrei,
und seitdem ist zumindest dein Bett
wieder ordentlich –
doch du schreibst das Jahr nach ihm,
zwischen fremden Laken und Rausschmiss.

Deine Freunde meidest du bewusst.
An ihrer Stelle triffst du dich nun mit Bekannten,
die du nicht gut genug kennst,
um sie als Freunde zu bezeichnen,
aber auch nicht schlecht genug,
um es zu lassen.
Und die erzählen dann von sich,
von ihrem Job und ihrer Freundin,
davon, wie sie mal fröhlich, mal enttäuscht sind,
die erzählen von all den Leuten,
mit denen sie irgendwann mal was hatten,
die erzählen sich dann von sich.
Und ein Gespräch ist das eigentlich nicht,
aber zumindest schreiben sie dir nicht vor,
dein Leben wieder in den Griff zu kriegen,
zumindest sagen sie dir nicht,

dass du im Takt deines Kalenders
zwischen betäubt und verlassen
nie ankommen wirst,
zumindest sagen sie das nicht,
denn du weißt –

du weißt, irgendwann,
wenn du zwischen Bordsteinkante und Parkett
mal wieder ziemlich drauf bist
und die Musik, die so vertraut wirkte,
alles andere als vertraut ist,
wenn dein Lachen plötzlich friert,
weil der Ton dort draußen rau ist,
irgendwann,
nach unzähligen Geschichten,
an die du dich nicht mehr erinnerst,
nach all den fremden Gerüchen,
die deinen eigenen überdecken,
zwischen Hektik und Hektik
wirst du irgendwann merken,
dass du im selben Takt
schon viel zu lange auftrittst.
Und dann wirst du plötzlich innehalten.

Alles Denken wird dir straucheln.
Du wirst staunend aufstehen
und zum nächsten Ausgang taumeln,
und draußen wirst du atmen.
Und die letzte Kippe wird dann
so verschwindend lange her sein,
und deine Lunge wird zum ersten Mal
so gänzlich leer von Teer sein,
dass du jedes deiner Lungenbläschen
die sauerstoffklare Nacht inhalieren lässt,
und dann wirst du laufen.
Immer schneller wirst du laufen,
bis deine Absätze mit dem Klackern deiner Schritte
auf dem Kopfsteinpflaster brechen,
laufen, bis der Schweiß dir den Nacken hinabläuft,
laufen, so lange laufen,
bis du endlich zu Hause bist.

Deine Wohnung wird immer noch leer sein,
noch immer verlassen und staubig;
doch das wird dir nichts ausmachen,

du wirst deine Schuhe ausziehen
und deinen Mantel an die Garderobe
für Bleibende hängen.
Und plötzlich wird dein Kleid
deinem Körper nicht mehr passen,
plötzlich wird dein Kleid dir viel zu klein sein,
viel zu eng,
und dann wirst du daran zerren,
und dann wirst du daran ziehen,
bis es an dir reißt und fällt
und du endlich da raus bist.
Du wirst dir die Hände
der tanzenden Fremden
von deinen Schultern waschen,
neben den nackten Kacheln,
an denen er einmal gelehnt hat.
Und dann wirst du dich freuen;
über dein Bett, das frisch gemacht ist,
nur für dich, für dich allein,
weil durch dich an dich gedacht ist,
und dann wirst du dir einen Tee machen.
Und ihn trinken, aus seiner Tasse.
Auf deinem bügelfeinen Laken

wirst du erst melancholisch lachen
und dann vielleicht euphorisch weinen
und im Stillen zusammenfassen:
Eigentlich hatte ich doch
für all das die Worte schon.
Ich war ein ganzes Jahr unterwegs,
und das ist auch in Ordnung so.

zurück auf einem Markt,
der zu wünschen übrig lässt

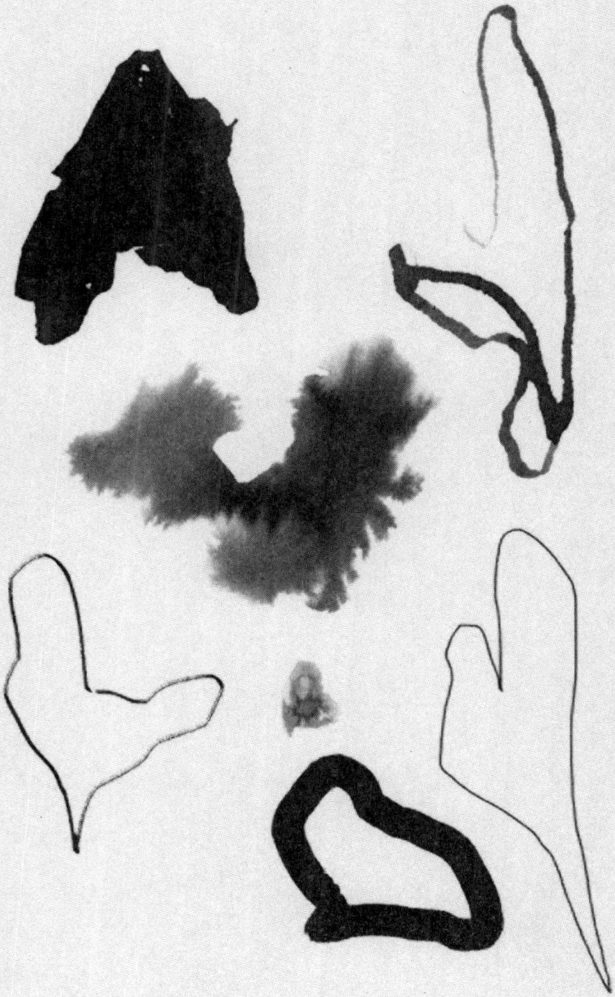

leer

Es tut mir leid, die Liebe
ist für heute schon ausverkauft,
wurde von viel zu vielen vor Ihnen
bereits aufgebraucht,
und Sie sind ein treuer Kunde,
und Sie sehen so traurig aus,
aber bis auf Treuepunkte
ist eben alles ausverkauft.

WERBEPAUSE
(in 2 Seiten geht es weiter)

Kennen Sie das auch: Sie wissen auf Partys vor lauter attraktiven Oberkörpern einfach nicht, wohin mit Ihren Händen? Haben Sie auch ständig unkomplizierten Sex, anstatt sich stundenlang darüber zu streiten, ob Sie denn nun gekommen sind, und wenn nicht, warum? Fühlen Sie sich emotional manchmal unterfordert? Oder beunruhigt Sie der Gedanke, mit Ihrem Leben genau das anfangen zu können, worauf Sie gerade Lust haben, ohne dabei permanent von jemand anderem aufgehalten zu werden?

Dann haben wir die Lösung für Sie!

Bestellen Sie jetzt zum Super-Sparpreis: den »Freund«, das 1a Unterhaltungsprogramm mit 24h Entertainment und lebenslanger Rückgabe- sowie Umtauschgarantie! Für alle, denen ihre eigenen Probleme einfach nicht aufregend genug sind! Außerdem – und nur im Rahmen unserer Aktionswoche: die neuen Upgrades »Minderwertigkeitskomplexe« und »offene Beziehung«, mit denen Ihnen spannende Diskussionen sogar über mehrere Nächte sicher sind! Für ein besonders anspruchsvolles Redeerlebnis empfehlen viele unserer Kunden die Kombination beider Upgrades! Aber Achtung! Nur so lange der Vorrat reicht!

Zu Risiken und Nebenwirkungen lesen Sie die Packungsbeilage und fragen Sie Ihren Gynäkologen oder Ihre Mutter.

ein »Jext« über die Modeindustrie

»Entschuldigen Sie?«, spreche ich die verbraucht aussehende H&M-Verkäuferin mit der hippen Netzstrumpfhose an. »Entschuldigen Sie, ich suche eine heile Jeans.«

»Eine was?«

»Sie wissen schon, eine Jeans – ohne Löcher?«

»Es tut mir leid, aber so etwas Absurd-Praktisches verkaufen wir hier nicht. Ich könnte Ihnen höchstens eine Jeggings anbieten.«

»Eine Jeggings …?«

»Ja! Das ist eine Mischung aus Jeans und Leggings.«

»Aha. Aber die kann ich dann doch nur anziehen, wenn ich noch ein Kleid oder einen Rock drüber trage.«

»Nein, einen *skirt* brauchen Sie dafür nicht – solange Ihre Unterhose schön ist, denn die sieht man da natürlich durch.«

»Natürlich.«

»Alternativ könnten Sie auch ein Fünferpack unserer besonders günstigen Tangas erwerben. Tangas sind übrigens eine Mischung aus Tyrannei und Angelhaken. Und Sie müssen sich nicht einmal mehr Sorgen darum machen, dass Ihre Unterhose den Po nicht bedecken könnte, denn: Tut sie nicht!«

»Führen Sie denn alternativ auch Unterhosen, die den Po bedecken?«

»Bitte was?!«

»Sie wissen schon … eben ganz normale Unterhosen – mit Stoff?«

»Oh, es tut mir sehr leid, aber so etwas Durchschnittsbürgerliches haben wir hier nicht. Aber wie wäre es vielleicht mit einem Body? Das ist wie eine Unterhose, aber für den ganzen Körper!«

»Also quasi ein Badeanzug.«

»Ganz genau! Bis auf das Baden natürlich. Aber schwimmen können Sie trotzdem darin: Gegen den Mainstream!«

»Cool. Aber was mache ich dann mit so einem Body, wenn ich beispielsweise auf Toilette gehen möchte?«

»Na, dann ziehen Sie den natürlich aus. Alles andere wäre ja albern.«

»Aber ist das nicht extrem umständlich?«

»Also, ihn anzulassen wäre vermutlich umständlicher.«

»Ich habe den Eindruck, ihn gar nicht erst anzuziehen wäre am un-umständlichsten!«

»Aber dann kann doch keiner mehr Ihre Nippel sehen!«, ruft die Verkäuferin erschrocken.

»Bitte was?!«

»Na, unser Body ist aus Spitze: Da kann man wunderbar Ihre Nippel durchsehen, und das für einen Aufpreis von gerade mal 64,39 €!«

»Also zahle *ich* einen Aufpreis – dafür, dass *andere* Menschen *meine* Nippel sehen können? Funktioniert das nicht eigentlich andersrum?«

»Aber das ist Mode! Da funktioniert alles richtigrum! Bis auf das, was eben besondersrum funktioniert!«

»Und seit wann funktioniert Mode wie Jeggings?«

»Na, seit Hinterteile das Interesse daran verloren haben, bedeckt zu werden!«

»Ja, aber meines nicht.«

»Das ist doch ganz egal; ein Hintern muss sich doch nicht über die Frau definieren, an der er hängt! Und immerhin ist unsere Jeggings ja auch sehr *stretchy* und *slim* – das machen die 90 % Polyester in den 50 % Jeans!«

»Also wollen Sie mir sagen, dass nicht einmal die 50 % Jeans einer Jeggings tatsächlich aus Jeans bestehen?«

»Aber dafür ist ihre Jeggings ja auch sehr *fancy* und *fresh* – das machen die fehlenden Hosentaschen!«

»Die fehlenden Hosentaschen …«

»Ganz genau! Die machen Ihre Jeggings so *skinny* und –«

»Also wollen Sie mir sagen, dass selbst die letzten 5 % Jeans einer Jeggings nicht einmal Hosentaschen haben?«

»Naja, wenn Hosentaschen mehr so Ihr *style* sind, dann könnte ich Ihnen auch eines unserer Exemplare anbieten, die aussehen, als hätten sie Hosentaschen. Hier werden durch eine extra Naht auf Hosentaschenhöhe Hosentaschen suggeriert – für einen Aufpreis von nur 1,63 €!«

»Welch ausgefuchste Täuschung.«

»Ja, nicht wahr? Da kommt man natürlich gleich ganz anders rüber, wenn man aussieht, als hätte man wichtige Dinge zu verstauen!«

»Wie einen Schlüssel zum Beispiel …«

»… oder einen Parkschein …«

»… oder Kleingeld. Aber in einer Naht allein, nehme ich an, kann mal wohl keine Dinge verstauen!«

»Nein, das wäre ja verrückt! Wenn Sie Dinge verstauen wollen, dann könnte ich Ihnen höchstens eines unserer Kleider mit Schulterpolster anbieten!«

»Wissen Sie was? Dann geben Sie mir doch lieber gleich Ihre 20 % Jeans mit den 80 % Loch.«

Hilfsbereit führt mich die Verkäuferin zum erstbesten Exemplar. *Stonewashed* steht dort. »Auf Steinen gewaschen«, übersetzt sie freundlich, denn jemand, der das Wort *Jeggings* nicht kennt, kann unmöglich der englischen Sprache mächtig sein. »*Stonewashed* heißt, dass auch an den Stellen des Jeansstoffes, an denen jetzt noch alles normal erscheint, in weniger als zwei Tagen authentische Löcher entstehen werden; und das für einen Aufpreis von lediglich 9,94 €!«

»Hören Sie! Ich suche eine ganz normale Jeans! Eine Jeans, durch die im Winter kein Wind zieht und bei der ich beim Anziehen mit dem Fuß genau da rauskomme, wo ich das erwarte! Nennen Sie mich konservativ!« Ich bin mittlerweile der Verzweiflung nahe.

»Es tut mir sehr leid. Aber heile Kleidung führen wir nur in der Sportabteilung für Männer. Ich könnte Ihnen höchstens eine unserer Jogginghosen anbieten oder eine Triller; das ist eine Mischung aus Tracking und –«

»Ich will doch einfach nur eine Jeans!«

»Eine Jeggins!«

»Eine Jeans!«

»Eine Jeggeleggings!«

»Eine Jeans!«

»Eine Jeanifer Lopez!«

»Entschuldigung, haben Sie auch eine Janzughose?«, fragt da ein Mann von der Seite.

»Was zum Fick ist denn jetzt eine Janzughose!?«, interveniere ich höflichst.

»Das ist doch ganz klar: Eine Janzughose ist eine ganz normale Anzughose – aus Jeansstoff.«

»Also sozusagen eine Jeans …«

»Ja, nicht nur sozusagen!«

In einem Akt innerer Ruhepolfindung zünde ich die *Fake-Lashes* der Verkäuferin an. Sie ist sehr aufgebracht. Oder auch: *Not amused.*

»Ja, das ist eine Mischung aus *not* und –«

Ich unterbreche sie, indem ich ihr ein schönes Leben wünsche. Und ja, das ist eine Mischung aus *Tschüs* und *Sie können mich mal.*

Make-up-Artist in einem imaginären Backstage

Ach hallo, da bist du ja! Lass uns am besten gleich anfangen, ich habe nämlich heute nur zwanzig Minuten, um … oh … Wunder zu vollbringen, wie ich sehe. Am besten nimmst du schon mal dort drüben vor dem Spiegel Platz, und sag mal, hast du vielleicht irgendetwas dabei, mit dem du dir diese ganzen Haare da aus dem Gesicht klemmen könntest? Super.

Hm, du scheinst ja sehr trockene Haut zu haben, da verwende ich immer gerne eine leichte Schicht Gänsefett-Lotion, das ist ein neuer Trend aus Milano, der dafür sorgt, dass deine Haut selbst bei stärkstem Regen oder falls du unwahrscheinlicherweise in einen See fallen solltest, nicht nur schön fettig bleibt, sondern dich auch an der Wasseroberfläche hält. Unsere Gänsefett-Lotion bietet außerdem wunderbaren Halt für diese hautfarbene Paste hier, mit der ich jetzt im Wesentlichen alles verdecken werde, was dich ausmacht, also Gesichtszüge, Falten, Unreinheiten, normalmenschliche Proportionen, die Form deiner Augenbrauen, kurz: all das, was uns eben so stört, nicht wahr?

Dafür verändere ich jetzt noch optisch deine Knochenstruktur ein wenig, so dass der Kiefer etwas schmaler aussieht und die Wangenknochen markanter, wir könnten vielleicht diese riesige Stirn hier auch noch etwas idealisieren, indem ich mit einem sehr viel dunkleren Stift – ich bevorzuge hier den *makepretty87* von *l'asbeste pour tous* – indem ich mit diesem Stift also kriegsbemalungsähnliche Streifen in deinem Gesicht verteile. Das Ziel hier ist, ein so durchschnittlich-schönes Gesicht wie möglich zu suggerieren, um dann anschließend Teile deines alten Gesichts wieder drüberzuschminken, aber durchschnittlicher und schöner als vorher, versteht sich. Das nennen wir in der Beautyindustrie auch den *Nudelook*, nicht zu verwechseln mit dem *Hangoverlook*, einem Trend aus Japan, bei dem wir unseren Kundinnen erst ein überdurchschnittlich-schönes Gesicht aufpinseln, um es anschließend mit unterdurchschnittlicheren Features interessanter aussehen zu lassen, hier haben sich rot unterlaufene Augen und ein fader bis fahler Teint bewährt, womit sie letztlich aussehen wie Frauen, die normalerweise umwerfend attraktiv sind, heute aber nach einer langen Partynacht mit unzähligen Freundinnen einen verkaterten Tag haben und sich aus einer angeborenen Lässigkeit heraus überhaupt nicht um ihr Aussehen scheren. Beide Looks verfolgen ein sehr ähnliches Prinzip: im Grunde auszusehen, wie jede andere Frau aus der Werbung auch, gleichzeitig aber einzigartig und – vor allem – ungeschminkt.

Nun, wie möchtest du denn heute Abend rüberkommen? Mühelos sympathisch? Oder eher abgefuckt künstlerisch? Künstlerisch berlinerisch? Berlinerisch müde? Unausgeschlafen intelligent? Sexy? Auffallend sexy? Mühelos sexy, versehentlich sexy, versehentlich authentisch? Absichtlich gleichgültig? Wie alt ist dein Publikum? Wie viele der Leute im Publikum sind deine Verwandten? Wie gut ist dein Publikum gekleidet? Aha. Ja, das sieht doch prima aus. Und jetzt: Geh am besten da raus, und sei einfach du selbst!

verloren im Detail

Ich sehe was, was du nicht siehst,
und das ist da. Genau da.
Zwischen Braue und Lid,
zwischen Lippe und Nase,
zwischen der, der ich bin,
und meinen verrückten Idealen
liegt eingebettet in die Kraterlandschaft
meiner staubigen Haut
ein weiterer Makel,
zieht sich ein lausiger Flaum
über die Oberlippe, so unziemlich,
ziehen sich schmutzige Poren
über die Stirn,
wo Falte über Falte
meine Gesichtszüge verewigt,
gleich der überspitzten Karikatur
eines einst hübscheren Wesens,
wie von einem Amateur gezeichnet:
mit wässrigen Händen,
bloß die unfertige Skizze
zu einem besseren Menschen,

ist, was von außen ein Lachen
aus einem ganz normalen Mund,
von innen die Öffnung
zu einem abartigen Schlund,
der Blick gewährt,
auf saftige Fäden aus Speichel,
die sich bei genauerem Hinsehen
während des Redens zerteilen,
auf die Zunge sich legen
und an Zähnen verweilen,
welche im richtigen Licht
gelb und klebrig erscheinen,
so wie im richtigen Licht auch
eine Erhebung aus Fleisch,
ein Wuchern aus Knorpel,
ein lebender Stein
sich als Felsbrock hervortut,
sich jedem zu zeigen,
ein monströser Koloss
in den gähnenden Weiten
dieses spröden Gesichts
wirft Schatten auf Höhlen,
in denen die Öde eines Blicks

selbst im richtigen Licht
mit allem Schönen sich bricht,
so dass selbst die richtigen Worte
verlegen und schmeichelnd
sich ins Wüste verlaufen,
sich zerlegen, zerteilen,
bis sie Staub sind auf den Augen
und Staub auf den Ohren.
Ich sehe was, was du nicht siehst –
ich habe mich im Detail verloren.

Preis-Leistungs-Verhältnis

57 % der Verbraucher, denen ich gefalle,
gefallen auch drei meiner gleichaltrigen
Freundinnen.
68 % der Verbraucher, die meinen gleichaltrigen
Freundinnen gefallen,
folgen derselben Indie-Pop-Playlist auf Spotify.
An Na und Tom Aue sind jetzt verlobt.
63 Freunden gefällt das.

Wie würdest du mein Preis-Leistungs-Verhältnis
beschreiben?
Und haben die Mühen sich gerechnet?
War im Tausch gegen meine Liebe
die Flasche Rotwein ein gutes Investment?
Willst du das Produkt vor dem Kauf
vielleicht erst zwei Monate testen,
zum frühzeitigen Aufspüren
von unattraktiven Defekten?
Für Kunden, die sich schwerlich entscheiden,
gibt es ab jetzt eine Flatrate,
denn ein Fehlkauf lässt sich nur vermeiden,

wenn man sich auf diesen nicht festlegt.
Man kann in der Welt alles haben,
denn sucht man mit Abstand und Skepsis,
findet sich sicher ein Partner,
der in allen Facetten perfekt ist.

Du fragst mich, warum dir so fad ist,
während wir uns wieder treffen –
weil wir uns so gierig verschlingen,
dass wir vor dem Schlucken nichts schmecken.

Mathilda

Schamhaar um Schamhaar reißt Mathilda sich aus. Steht, das linke Bein verkrampft auf den Beckenrand gestemmt, in der Rechten unter Anstrengung die Pinzette haltend, in Vaters kleinem Badezimmer, wo sie durch den Spiegel gegenüber bei jedem weiteren Blick zwischen ihre fetten Beine auch ein weiteres dieser kleinen Härchen findet, die seit einem Jahr jetzt wie Unkraut aus ihrer Haut sprießen – dort, wo im Sommer das Ende ihres Bikinihöschens den Anfang der Welt markiert, und den der Blicke der Jungs, wenn sie sich auszieht – und wenn sie könnte, würde Mathilda so vieles an sich ändern, aber vor allem würde sie wohl ändern, wie sie aussieht.

Denn in einer Welt voller Prinzessinnen,
die mit zitternden Schritten
und wippenden Titten,
spritzigen Lippen
belegt mit witzigen Sprüchen
ihre bibbernden Rippen

mit Glitzer beschmücken,
für Make-up und Kippen
von Litfaßsäulen blicken,

in einer Welt voller Prinzessinnen,
die an Samstagabenden
vorbei an Langzeitwartenden,
vorbei an endlosen Schlangen
vor den Eingängen der Clubs
kreischend und kichernd
und ineinandergehakt
mit endlosen Beinen
und einem leichten Geruch
nach Kaugummi für die Zähne
und Erdbeersekt für die Seele,
mit Kleidchen für die Szene
und High Heels gegen den Schmutz,
ihre noch nie getragenen,
aspirinbeladenen
Handtäschchen wedelnd
ins Innere des Ladens strömen,
und dann bei jedem Schluck
ihr seidenes Haar

über die Schulter werfen,
tanzen und reden,
als sei da keinerlei Druck,

in einer Welt voller Prinzessinnen,
die vom Schminktischchen aus mit porzellanfeiner Haut,
rosigen Wangen und glasigem Blick
von den Niveapflegeprodukten auf Mathilda herablächeln,
auf Mathilda, die noch immer verspannt und gebückt
vor sich hinabsieht, in den Abgrund der Badewanne,
wo sich gelegentlich auch ein Blutstropfen auf Keramik weitet,
aber Mathilda erschreckt das nicht:
Wer schön sein will, muss eben leiden –
vor allem, wenn er hässlich ist.
Und Schamhaar um Schamhaar
reißt Mathilda sich aus.
Aber die Scham bleibt, wo die Scham war:
in Mathilda zu Haus'.

Unten im Wohnzimmer sitzt der Vater. Sitzt alleine und wartet. In den bereits gedeckten Tisch zieht er feine Kreise mit der Gabel und fragt sich, wann sie beide eigentlich zuletzt gemeinsam zu Abend gegessen haben. Er kann's nicht sagen. Denn immer, wenn er anfängt, Nudeln zu kochen oder Kartoffeln zu schneiden, ist Mathilda entweder nicht da oder kann doch nicht bleiben, und ihre vegane Ernährung, die scheint dem Vater langsam auch eher so ein Deckwort zu sein für gar keine Ernährung, vielleicht so eine Phase wäre ja auch nichts Neues für Mathilda hat der Vater ja schon manche Phase mitgemacht hat er ja manche verrückte Idee und manchen Wahnsinn aber wo ist eigentlich die Grenze zwischen Mathilda vertrauen und eingreifen müssen ist so schwer zu finden und dieses Mal ist der Vater sich einfach nicht sicher sollte er mal mit Mathilda reden konnte ihre Mutter immer am besten ließ er sie erst einmal in Ruhe vielleicht würde sich diese Phase ja von alleine wieder legen und wo liegt eigentlich das Problem Mathilda ist doch so ein schönes Mädchen war Mathilda auch bevor sie abgenommen hat Mathilda häufiger so wirklich laut mit Lachfalten gelacht hat sie schon lange nicht mehr war es dem Vater so schwergefallen, irgendeinen Zusammenhang zu erkennen.

Der junge Mann ist Student. Kulturwissenschaften im dritten Semester und darauf auch ordentlich eingebildet, sein Bart seit er zwanzig ist endlich lückenlos und seine Konturen immer gepflegt. Er mag es nicht, als junger Mann bezeichnet zu werden, er spricht auch keine jungen Frauen an, aber gelegentlich legt er sich ein Mädchen auf sein Kopfkissen: Er mag Mädchen, und Mädchen mögen seinen Bart. Neben ihm an der Bar steht ein enger Rock und bestellt sich einen Caipi. 4,50 €, das geht auf ihn, überrascht dreht sie sich zu ihm um. Sie ist jung, blond und sehr stark geschminkt, ihr Händedruck ist lose, er vergisst ihren Namen schon während sie ihn ausspricht.

Er hat Mathilda nach ihrem Namen gefragt und ihr einen Drink ausgegeben, und sie hat sich gefreut, denn er war nicht nur älter, sondern sah auch gut aus, und als er sie dann bat, mit zu ihm nach Hause zu kommen, da hatte sie sich irgendwie besonders gefühlt. Deswegen versteht sie auch jetzt die Tränen nicht, die sich vor ihren Füßen mit dem Wasser des Duschkopfs mischen, denn sie sollte sich doch freuen, oder nicht? Das hatte sie doch gewollt – oder nicht? Dass jemandes gierige Lippen sich auf ihren Nacken legen, jemandes Hände unter ihren Rock fassen, sie wollte doch jemandes Zunge in ihrem Rachen, jemandes Finger an ihrem Schopf, sie wollte doch ausreichen, sie wollte doch *zieh dich aus* und *du bist so schön* und *gib's mir* und *jetzt dreh dich schon um*, das hatte sie doch gewollt, also warum steht sie jetzt weinend unter der Dusche und versucht, sich seine Hände von der Haut zu waschen, obwohl das doch sicherlich jeder Prinzessin so ging? Dass sie sich danach eben ein bisschen beschmutzt fühlte und ein bisschen verdreckt, das ging doch sicherlich jeder Prinzessin so, nur dass sie, Mathilda, eben keine Prinzessin war, nur dass sie eben nie tief genug würde schlucken können, und sie kann nicht mehr, sie kann nicht mehr, sie kann sich verdammt nochmal nicht noch länger über Wasser halten – also steckt sie den Stöpsel und lässt sich ins Wasser gleiten, und auf dem Grund der Badewanne ist endlich alles ganz still.

Und draußen steht der Vater.
Steht dort leise und atmet.
Doch als Mathilda weiter nicht antwortet,
schreit er verzweifelt ihren Namen,
schlägt mit den Fäusten gegen das Holz,
aber die Tür gibt einfach nicht nach,
schlägt mit den Fäusten gegen das Holz,
aber die scheiß Tür gibt einfach nicht nach,
schlägt mit dem Hammer gegen das Holz,
und als das Holz endlich bricht,
ist das Erste, was er sieht,
Mathildas seidenes Haar,
das ruhig und gelassen
an der Oberfläche schwebt,
an der Oberfläche, durch die der Vater
schweigend und klar
ihre Arme betrachten kann, die gemacht waren,
um andere darin zu halten,

ihre Hände, die gemacht waren,
um andere Hände darein zu nehmen,
ihre Beine, die gemacht waren,
um andere Beine zu begleiten,
ihre Füße, die gemacht waren,
um zu kurz oder zu weit zu gehen,
ihre Rippen, die gemacht waren,
ihr Herz zu tragen,
ihre Knie, die beinahe anmutig
aus dem Wasser ragen,
er betrachtet ihre porzellanfeine Haut
und die glasigen Augen
und weint,
denn dieser Körper war vielleicht kein Tempel –
aber jemandes Zuhause.

Gold

Mir gegenüber im Bus
sitzen zwei Männer,
deren Fingerspitzen
in glänzende Farbe getunkt sind,
und die auch sonst so aussehen,
als hätten sie im Leben bereits einiges angefasst.
Da lehnt sich der eine zum anderen
und sagt, eine schöne Frau,
die sei wie Gold:
von unendlich steigendem Wert,
mit zunehmender Nachfrage all derer,
die sie gern auch nur einmal verführten,
und doch sei eine Frau gänzlich wertlos,
ließe sie sich von einem jeden
tatsächlich mit Freude berühren.

One-Night-Stand

Du betrittst mich
wie ein Tourist eine Landschaft;
kommst mit wenig Zeit,
lässt all deinen Müll bei mir liegen
und gehst dann,
ohne die schönsten meiner Strände
je gesehen zu haben.

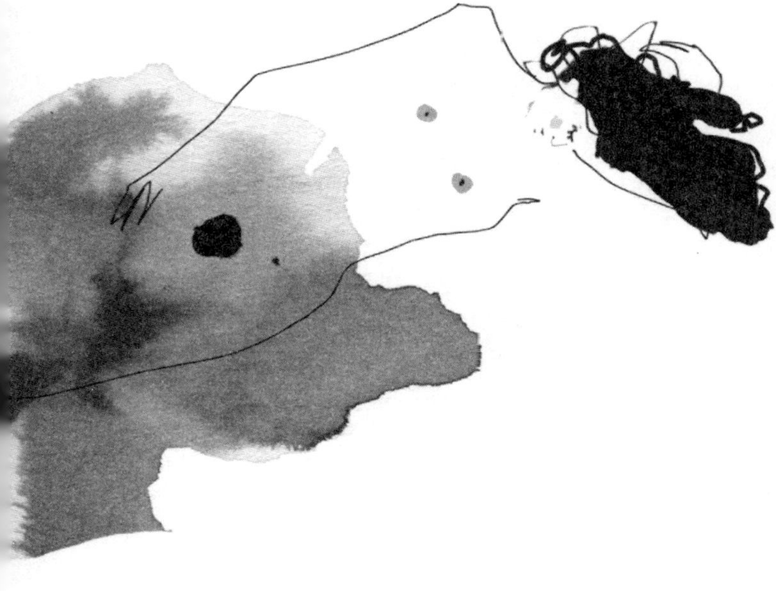

Selbstwert

Wäre ich mir selbst eine gute Freundin,
würde ich an den Tagen,
an denen ich mir die Bettdecke
bis unter die Nase ziehe,
meine Jalousien verschlossen lasse,
mich vor der Sonne und dem Tag verkrieche,
ohne Vorwarnung vorbeikommen
und mich trotz verzweifelter Ausreden
zum Duschen und Anziehen zwingen
und dann mit mir rausgehen.

Wäre ich mir selbst eine gute Freundin,
würde ich mir an den Tagen,
an denen mir nichts an mir gefällt,
an denen ich mich kleinmache
und vergleiche,
mich allein fühle auf der Welt
einmal ordentlich in den Arsch treten,
mir alles aufzählen, was mit mir stimmt
und mir das Selbstmitleid verbieten,
in dem ich so ausgiebig versink'.

Wäre ich mir selbst eine gute Freundin,
würde ich mir dazu raten,
den Kontakt zu mir abzubrechen,
weil nicht einmal ich
das Recht dazu habe,
mit mir von oben herab zu sprechen,
weil ich im Leben niemanden brauche,
der mich in meiner Wohnung versacken lässt,
mir das Gefühl gibt, nicht auszureichen,
und mich gleichzeitig nichts schaffen lässt.

ausreichend funktionstüchtig

Ich habe schon von Töpfen gehört,
die auch deckellos gut funktionieren –
solange du also kein Deckel bist,
kann weiter nichts Schlimmes passieren.

wo es weitergeht

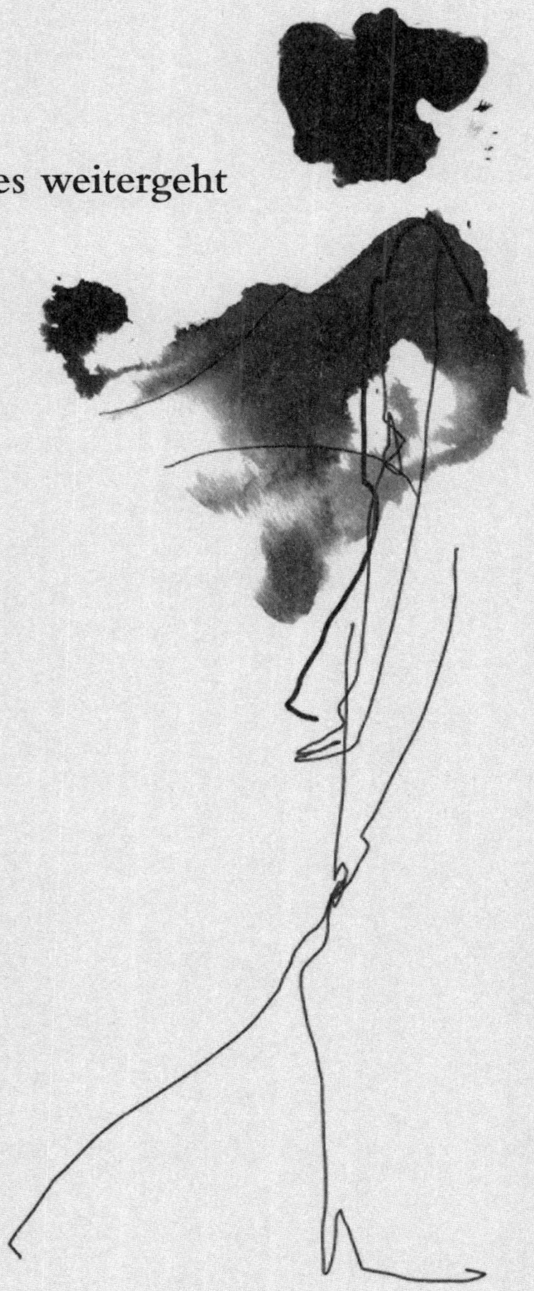

die Sache in die Hand nehmen

Komm her, du Unkraut meiner Gedanken,
so dass ich dich an der Wurzel nehmen
und ausreißen kann.
In diesem Boden werden keine deiner Samen
mehr keimen,
wo Ideen zu Blumen wachsen und sich
vermehren,
keinen Zentimeter dieses dienlichen Tages
wirst du mehr verschwenden,
wo Tatendrang Früchte trägt
und Antrieb in der Luft liegt.

$2 - 1 \neq 0{,}5$

Liebster, ich habe dich nie
als meine bessere Hälfte verstanden,
weil ich auch vor dir nicht halb war,
sondern einfach ein anderes Ganzes.
Und ja, es ist wahr, als du gingst,
gingen Teile von mir abhanden,
doch der Raum, der entstand, ist kein leerer –
bloß ein freier für neue Gedanken.

neue Liebe

Ich will ihr dafür danken,
dass sie dich gebrochen hat,
für das, was sie gesagt
und was dich so getroffen hat,
dass es dich durch das Treiben
einer samstäglichen Nacht,
durch das Summen und das Rauschen
einer angetanzten Stadt,
in die entlegensten Winkel
und die schmutzigsten der Straßen trieb,
für das, was dich tags lähmte
und an Abenden nicht schlafen ließ,
für ihre Worte, die du versuchtest
mit Gläsern zu kippen,
mit dem Rest deines Lebens
vom Tresen zu wischen;
denn wie hätte ich dir sonst
über mehrere Tische
bis auf den Grund sehen können,
als du wenig geschickt
deinen hübschen Kopf zu mir wandtest,

auf die Lehne gestützt,
ganz starr und verkrampft,
eine Schwere im Blick,
während um mich herum
die Atmosphäre verblich
und für die Weile einer Sekunde
einer Ewigkeit wich,
will dankbar sein für das,
was mich zuvor zersplittert hat,
gleichgültig und nüchtern machte,
in Teilen wohl verbittert hat,
denn wie wäre ich dir sonst
ohne zu erwarten oder zu hoffen
von meinem Stuhl über die Tanzfläche
bis in die Arme geflossen,
denn was hätten wir sonst versucht,
ineinander zu ertränken,
im Stolpern unserer Füße,
unter Ansammlungen von Menschen,
im Dröhnen der Musik
und im Wandern unserer Hände,
welche Geschichten hätten wir als Vorwand
zur Annäherung verwendet,

bis die redenden Lippen
zweier einander völlig Fremder
sich so sehnlichst vermissten,
dass sie im Schwanken des Moments
Zentimeter überbrückten,
während wir uns von Vergangenem erzählten,
bis wir die Letzten auf den Dielen waren,
zwei versunkene Betrunkene,
die bis zum letzten Bier geblieben waren,
einander vom Verlust
ihres Glaubens an die Liebe sprachen,
bis schließlich jede Bewegung,
jede Berührung,
jeder Kuss
sie Lügen straften.

aufbauen

Ich habe ein Schiff versenkt.
Habe mit meinen giftigen Worten
die Hölzer und Balken
verrotten lassen,
bis sie brachen und das Wasser
mir bis zum Hals stand.
Ich habe ein Schiff versenkt,
und ich will, dass du weißt,
dass es meine Schuld war,
will dir von all den Dingen erzählen,
auf die ich nicht stolz bin,
und von der Menge meines Ballasts,
will dir von jedem der blinden Passagiere
 erzählen,
die mit mir an Bord gehen,
so dass wir um die Dichte der Wände wissen,
die es braucht,
um unser Schiff
über Wasser
zu halten.

Kontaktpunkte

Wir sind zwei ungleiche Kurven auf einem
Diagramm,
immer sechs Stunden versetzt,
überschneiden uns nur in den Momenten,
in denen du *schon* wach bist
und ich *noch* wach bin,
in denen unsere Stimmen denselben Schlaf tragen
und unsere Arme dieselbe Leere,
bis wieder ein Tag beginnt
und einer endet,
zwei Kurven
ohne Parallele.

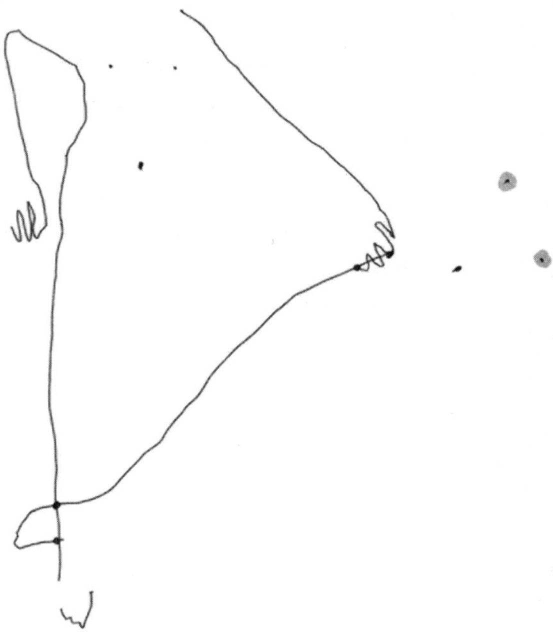

Distanz zu dir

Wir finden uns auf halber Strecke
bei 2473 Kilometern Luftlinie
zwischen Telegraphenmasten,
finden uns in einem zweidimensionalen Raum,
der unser Lächeln in Quadrate teilt
und unsere Gespräche in Fetzen,
finden uns im Zusammenpuzzeln
zusammenhangloser Fotos und Sätze
und der Frage danach,
woran du gedacht hast,
als ich an dich dachte
und dich nicht erreichen konnte,
und mit welchen Neuigkeiten du dieses Mal
die Sonne zu mir schickst,
finden uns in den Worten einer Sprache,
in denen wir beide Fremde sind,
dann alle paar Monate für zwei Wochen
in dem, was wir liebevoll *Insel* nennen,
zwischen den Wogen unserer Kalender,
eine begrenzte Realität,
finden uns in dem Versprechen

während der kommenden Überfahrt
und der Tage auf See
einander nicht zu vergessen,
auch, wenn die Gedanken verwehen,
finden wir uns im Warten darauf,
endlich an Land zu gehen.

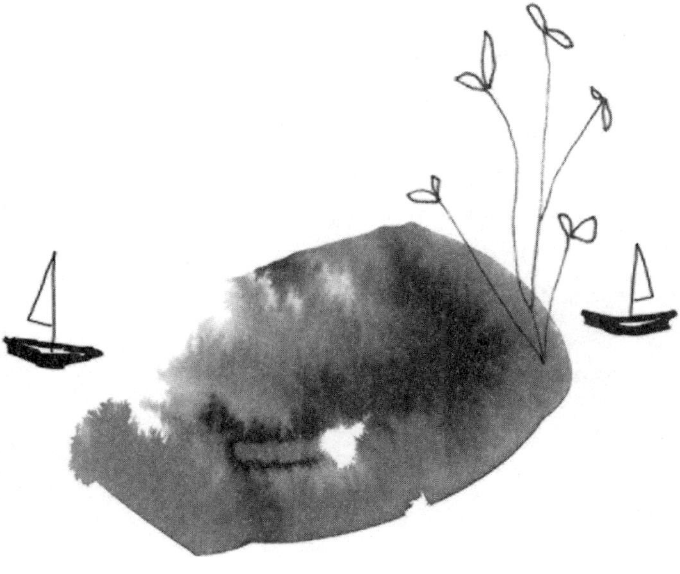

Distanz zu mir

Ich finde mich auf halber Strecke,
irgendwo zwischen München und Berlin,
lehne mich zurück und blicke aus dem Fenster,
bis das Rattern zum Summen wird
und die Landschaft beliebig,
finde mich in den viereinhalb Stunden,
in denen ich weder dort bin noch hier,
spätnachts in meiner Wohnung,
zwischen heute und morgen,
zwischen Einpacken und Auspacken
und Skypen mit dir,
finde mich in dem Gefühl,
trotz ständiger Bewegung
auf der Stelle zu treten,
weil alles, was mir wichtig ist,
irgendwie bei mir ist,
irgendwie bei dir ist,
aber eben immer ein bisschen da,
wo ich nicht bin.

ankommen

Jetzt, wo ich hier bin,
verstehe ich endlich,
warum sich die Zeit zuvor
so oft nach Warten angefühlt hat.

zwischenleben

Die Morgen sind kurz,
im Takt deiner Snooze-Taste
lieben wir uns verschlafen,
komm, bleib noch fünf Minuten,
lass mich dich so küssen,
dass du mich auf dem Weg zur Arbeit
immer noch schmecken kannst,

die freien Tage sind wenige,
aber einer mehr oder weniger,
das merkt doch keiner,
lass uns ans Meer fahren,
so dass du morgen Abend,
wenn du müde vor deinem Laptop sitzt,
Sandkörner in deiner Hosentasche findest,
die dich an mich erinnern.

loslassen

Wenn ich einmal einen Garten habe, dann lade
ich ein.
Zu Kaffee und Kuchen, zum Nachmittags-
schmökern,
zum Dämmern eines Abends, dessen Farben sich
in unseren Gläsern widerspiegeln,
lade dazu ein, sich in Gelächter und Gesprächen
zu verlieren,
so dass eine Brise die Geschichten aus früheren Jahren
von Stuhl zu Stuhl tragen kann, über den
grünenden Rasen,
ich lade jede Freundin ein, die gegangen, und
jede, die geblieben ist,
jeden Freund, den ich verloren habe, weil unsere
Wege so verschieden sind,
jeden Freund, bei dem ich mich gefragt hab', ob
das Freundschaft oder Liebe ist,
jede vergangene Liebe, weil das, was gesagt
wurde, verziehen ist,
ich lade all die Ängste und Erwartungen ein und
das, was davon übrig ist –

Das ist ja eine schöne Vorstellung, unterbrichst du mich.

Aber die meisten von uns
wären wohl lieber in ihrem eigenen Garten.

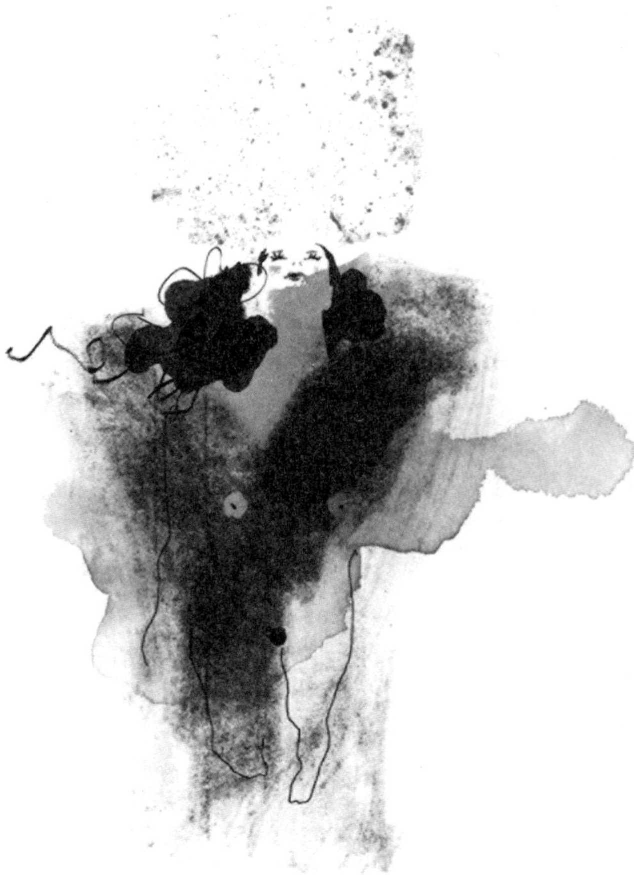

Blick nach vorn

Ich sehe was, was du nicht siehst,
und das sind die Wellen,
die sich an den Felsen brechen,
die gehen
und kommen,
so wie du gingst
und Neues kam,
spüre was, was du nicht spürst,
und das ist die Sonne,
die sich unter meine Haut legt,
und die kein bisschen weniger Sonne ist,
bloß weil wir sie nicht teilen,
ich blicke aufs Wasser,
in eine Ferne,
in der trotz Horizont nichts endet –
ich sehe was, was du nicht siehst,
und dennoch
geht es mir glänzend.

Danksagung

Ich möchte mich bei der Poetry-Slam-Szene und ihren liebenswerten Menschen bedanken, die mich aufgenommen, mir eine Bühne gegeben und mich durch die letzten Jahre begleitet haben. Mit euch habe ich stundenlange Backstage-Gespräche geführt, berührende bis urkomische Bühnenmomente geteilt, Nächte durchgefeiert, Freundschaften geschlossen, an euch bin ich gewachsen und ohne euch wäre es niemals zu diesem Projekt gekommen.

Dann möchte ich mich bei meiner wundervollen Lektorin Jacqueline Wagner bedanken, die sich trotz guter Gründe immer wieder aufs Neue geweigert hat, die Geduld zu verlieren, die stets eine Packung Gummibärchen in der Handtasche trägt und eine gute Idee im Ärmel: Du bist unglaublich, und ohne dich wäre dieses Projekt niemals würdevoll zu Ende gebracht worden.

Danke.

MIX
Papier aus verantwortungsvollen Quellen
FSC www.fsc.org
FSC® C083411

2. Auflage 2019

Erschienen bei FISCHER New Media
Frankfurt am Main, Oktober 2019

Illustrationen: Serena Viola
Satz: Dörlemann Satz, Lemförde
Druck und Bindung: CPI books GmbH, Leck
Printed in Germany
ISBN 978-3-7335-0555-4